À tous ces moments de luttes et d'épreuves qui
font souvent ressortir le MEILLEUR de nous-mêmes.
À ma force suprême, ma famille. — S. M.

Catalogage avant publication de Bibliothèque et Archives Canada

Titre: Les nombreux chapeaux du rat Roméo / texte et illustrations de Sakshi Mangal ;
texte français de Vanessa Brunette.
Autres titres: Many hats of Louie the rat. Français
Noms: Mangal, Sakshi, auteur, illustrateur.
Description: Traduction de : The many hats of Louie the rat.
Identifiants: Canadiana 20220452466 | ISBN 9781039701250 (couverture souple)
Classification: LCC PS8626.A556 M3614 2023 | CDD jC813/.6—dc23

Édition publiée par les Éditions Scholastic, 604, rue King Ouest, Toronto (Ontario) M5V 1E1, Canada,
avec la permission d'Owlkids Books Inc.

5 4 3 2 1   Imprimé en Chine CP133   23 24 25 26 27

Conception graphique d'Elisa Gutiérrez

MIXTE
Papier | Pour une gestion
forestière responsable
FSC® C010256

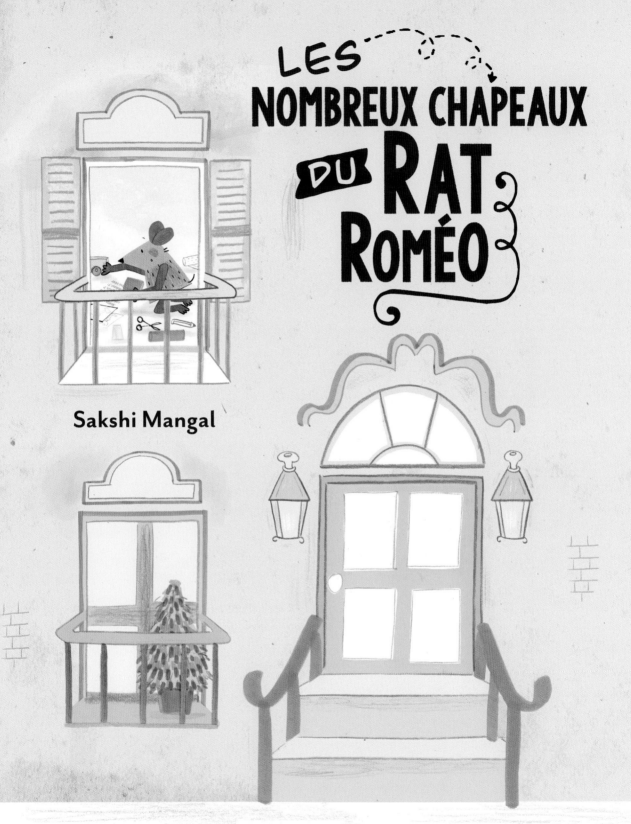

LES NOMBREUX CHAPEAUX DU RAT ROMÉO

Sakshi Mangal

Texte français de Vanessa Brunette

SCHOLASTIC

Le rat Roméo aime fabriquer des objets
utiles à partir d'objets pas tellement utiles.

Malheureusement, les objets
utiles de Roméo...

ne sont pas si utiles,
finalement.

Et aucun des autres rats n'apprécie ses inventions.

Un jour, alors qu'il est occupé à fabriquer quelque chose d'utile, Roméo voit une ombre énorme passer devant son balcon.

C'est un CHAPEAU!

Puis, Roméo en voit UN AUTRE, et encore UN AUTRE!

Partout où il regarde, Roméo voit des rats porter des chapeaux raffinés.

Les autres rats pensent que leurs chapeaux sont chics et élégants. Mais pas Roméo...

Roméo estime que leurs chapeaux ne sont PAS utiles.

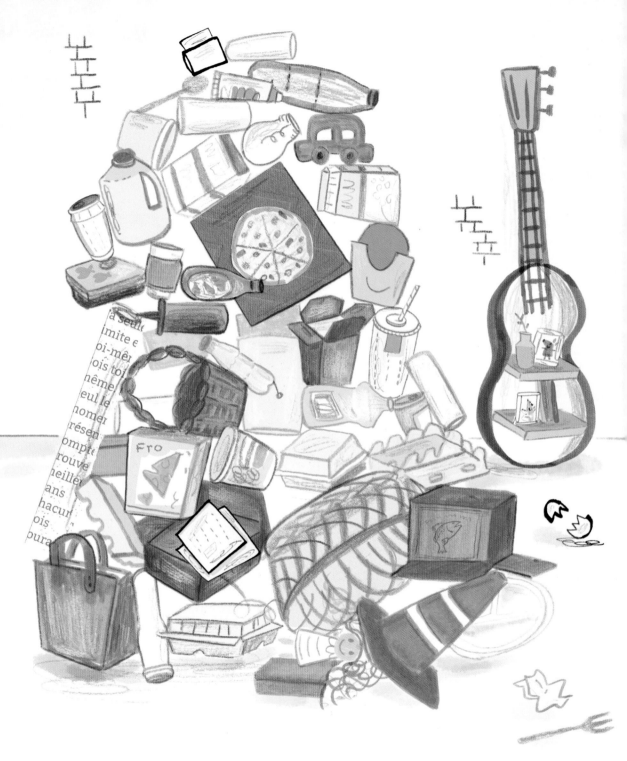

Alors, il court chez lui, réunit tous les objets pas tellement utiles qui lui tombent sous la main, puis commence à fabriquer des chapeaux UTILES.

Roméo fabrique des chapeaux de laine pour se garder au chaud,

des chapeaux à larges bords pour s'abriter du soleil,

des chapeaux rigides pour se protéger la tête,

et des chapeaux pratiques pour les matins où l'on
se lève avec les cheveux en bataille.

Il se rend en ville, impatient de montrer ses chapeaux utiles.
Mais les autres rats en ont assez des inventions de Roméo, et
personne ne fait attention à lui, tout occupés qu'ils sont à admirer
leurs chapeaux chics et élégants, mais pas tellement utiles.

Le cœur brisé, Roméo
retourne chez lui et décide que
les inventions, c'est fini.

Sur sa route, Roméo croise une rate grelottante sur un banc, au parc, et lui offre un chapeau de laine pour la garder au chaud.

Puis il remarque un rat qui se promène en vélo sans casque. Roméo lui offre donc un chapeau rigide afin de protéger sa tête.

Ensuite, il offre un chapeau à larges bords à une rate afin de lui procurer un peu d'ombre.

Et enfin, quand il croise un rat décoiffé, Roméo a le chapeau parfait pour lui aussi.

CHAPEAUX PAS
TRÈS UTILES

La nouvelle se répand et, rapidement, les autres rats se défont de leurs chapeaux pas tellement utiles. Tous veulent l'un des chapeaux de Roméo.

Avec entrain, il se met au boulot.

Un après-midi, alors que Roméo fabrique
des chapeaux utiles à partir de chapeaux pas
tellement utiles, le ciel s'assombrit.
Il commence à pleuvoir...
et il pleut...
et pleut encore.

Quand Roméo voit que les rues débordent,
inondant les maisons des rats, il a une idée. Une idée
GÉNIALE. Il se met immédiatement au travail.

Parfois, les chapeaux pas tellement utiles... peuvent être UTILES, finalement!